句集

紙雛

丸山千代子

文學の森

墨色も四温を待ちてをりしかな

書・菊田翠谷
聖グレゴリオ教皇騎士勲章（ローマ法皇）
地域文化功労者（文部科学大臣）
中国・北京工芸美術学会常務理事
河北書道展特別顧問
公益社団法人宮城県芸術協会名誉会員
（仙台市泉区在住）

かなかなや
豆腐屋の笛もどり来る

九山千代子の句　ツ母書

かなかなや豆腐屋の笛もどり来る

書・大和小舟
宮城野書人会顧問
河北書道展顧問
毎日書道展会員
（石巻市桃生町在住）

前向きにひたむきに

句集『紙雛』の著者丸山千代子さんは、向上心豊かな意欲あふれる人である。それは長い間、中学校の英語教師として教育に勤しんできた人生から自ずと培われてきた資質である。加えて、三人の子を苦労して育ててきた母の姿から自然と教わった生き方なのかもしれない。千代子さんは戦前台北に生まれ、五歳の折に父を亡くし、母の手一つで育てられ成長した。

紫陽花の雨に始まる母の文

母の背に風の集まる大根漬

この二句はその母の姿の回想から生まれたものである。前句は教員として赴任した折のことだろう。庭の紫陽花が咲いたことが、母の手紙の書き出しにしたためられてあった。母が娘を思う気持ちに触れ、紫陽花と母の姿を重ねながら思慕を募らせている作者が、句の背後に見えてくる。後句はその母の忍従の姿を詠ったもの。千代子さんの父母はともに私の生地と同じ宮城県栗原市の出身。栗駒山の厳寒の風に耐えながら生きてきたのである。

教員となって最初の赴任地が父母の生地であったのは、著者にとって幸いなことだっただろう。以後、専門の英語の指導はむろんのこと、一時期は音楽の教師として授業や合唱の指導にも力を注いできた。

栗 電 の 冬 日 の 匂 ふ 木 目 床

終 電 に 一 人 座 り し 寒 さ か な

この二句は、そうした初任当時を振り返っての句。「栗電」は平成十九年までつづいた「くりはら田園鉄道」の前身「栗原電鉄」の略称である。私自身も高校の通学に利用した鉄道だ。ひさしぶりに乗車し、往時を思い出したのに違いない。木目床の冬日は私の脳裏にもはっきりと残っている。

千代子さんの向学心は、やがて、書に勤しみ、俳句に親しむ道を切り開いていった。書に造詣があるわけだから詩歌にも関心が深まるのは自然の流れだが、たまたま目にした俳句から言葉の美しさや魅力を知り、進んで俳句講座に足を運んだとのことだ。ここにも千代子さんの積極的な姿勢が窺える。最初の師は宮城県俳句協会のリーダーであった「俳句饗宴」主宰の石崎素秋氏、のちに「澪」の早坂俊三氏や「きたごち」の柏原眠雨氏など地元の有力俳人の指導も受けている。「小熊座」入会は平成二十四年だが、平成十年からの長い蓄積が、この句集を支えているのである。

そして、その行動力は

マチュピチュ
薫風や空中都市の石畳

アウシュビッツ
ここがあのガス室跡地草茂る

トルファン
メッカ向く少女のミイラ秋桜

など海外での諸作にも十分に発揮されている。

千代子さんの俳句の大きな転換期は、平成二十三年の東日本大震災であろう。いや、俳句に本腰が入り、その実力が開花し始めたときに期せずして、この不幸な大災害と巡り遭ったといった方が的確かもしれない。

岩海苔の乾く音する被災の地
地震後の無人の軒の大氷柱
夏帽を胸に被災の島に佇つ

は被災現場に直接立ち合った悲傷が粘り強く形象化された作品である。「岩海苔」「大氷柱」そして「夏帽」が作者の悲しみを余すことなく伝えてくる。

幼霊も渡れ大虹消えぬ間に
蝌蚪の国津波に攫はれたるもあり
泥かぶりし教室を抜け青田風

これらは教育に半生を捧げた人ならではの視点から表現された作品。一句目では、早く安らかな天国へと渡れと、遠足の児童生徒の引率をしているかのように声を掛けている。非情に見えながら深い慟哭が隠されている。二句目の「蝌蚪の国」、三句目の「教室」も、ともに子ども達がかつて生き生きと活動していた場所。二句目から人間のみならず生き物すべてに対する慈しみが伝わり、三句目には被災した子ども達への癒やしの願いが籠もっている。

渚より螢となりて帰り来よ
被災地の泥をくはへて初燕
瓦礫より音なき音や初明り
空襲と津波を逃れ今日の雛
みちのくの花に無傷の日は来るか

これらも震災を詠った佳句だが、ことに「初明り」が私好みといえようか。ここでいう瓦礫とは、いずれも何らかの形や用途をもって人々の生活を支えてきた事物のことだ。それが今は単なる石塊、無用のものとなってしまった。そして、深い闇に覆われ山なしている。しかし、しだいに昇る初日によって、まるで蘇るように音なき音を生み始めたというのである。瓦礫もまた蘇生するのだ。何事にも前向きに生きてきた千代子さんの長年の生きる姿勢が生んだ佳句といえよう。
本集は終章近くから好句が格段に増える。その中から「序文」で触れ得なかった作品を次にいくつか並べ、終尾の「臘梅の光」の句の通りに、また歩き出した千代子さんに大きな拍手を送り、雑駁な「序文」の筆を擱くこととしたい。

一滴に一音のあり春の水
下駄箱の上の紙雛英語塾
星に生れ星と語りて露涼し
一瞬と言へども遠し原爆忌
弾ませて握るおむすび天高し
桐一葉また一葉して屋敷神
臘梅の光掬ひて歩き出す

平成二十八年節分

虹洞書屋　高野ムツオ

句集　紙雛＊目次

装丁　井原靖章

句集　紙雛

草萌

平成十年〜十七年

三神峯や花が吸ひ込む空の青

舞ひあがる土の匂ひや畑打つ

駄菓子屋の屋根にも触れて糸桜

元の名は一銭橋とや月おぼろ

草萌や忘れ置かれし三輪車

縁側に綾取の子ら梅日和

ケーキ屋の鉢今日からは桜草

路線バス運転席の紙雛

一鍬でどつと走りし雪解水

ハワイ

キラウエア野焼の煙に見えかくれ

紅梅や小家なれども門構

木の芽吹く生垣廻し魯迅像

一叢に犇くひかり猫柳

暮し向き何も変らず猫柳

前脚で草を掻きをり孕馬

梅筵児等のボールの跳ね来たる

黒潮に落ちるほかなき椿かな

ほめられて一枝剪りぬ額の花

冷酒を手よりこぼせり夫の忌に

院長の自慢の魚拓額の花

三内丸山遺跡　二句

夏空に高々縄文太柱

土器片に縄目くつきり草いきれ

紫陽花の雨に始まる母の文

中国

石林の奇岩に汗を吸ひとらる

ニュージーランド

カップルのバンジージャンプ谷若葉

十階のダンス教室水中花

東北大学植物園　二句

新樹光並べる板碑にも賽銭

二の丸の天を突く杉ほととぎす

台原森林公園

乙女像のサリーの襞に新樹光

カンナ屑散らし飯場の三尺寝

冷酒酌む土の匂ひの工事夫も

心太啜るや出羽の風の中

村中のどこ曲りても青田風

老鶯の真只中の殉教碑

廃校へまだ道半ば落し文

夫を恋ふ岐阜提灯のまぶしさに

片陰に沿ひバーゲンの列曲る

新緑や空まで響く槌の音

七夕の車中メールを読み返す

花芒揺らし子犬の駈けて来る

歯音立て唐黍を食ふ部活の子

野仏の向きさまざまや葛の花

秋冷や波とがりくる船番所

屋久島

秋天へ凜と伸びたる二代杉

風に声のせて街行く西瓜売

梨を捥ぐ樹々それぞれに空があり

定義山

手水舎の水音細し薄紅葉

沖縄

牛車にて川を渡るや鰯雲

紅葉散る鑑真和上のふところへ
買物もどこか小走り暮易し

厚切の煮しめ大根母の味

時雨るるやチャイムの響く分譲地

せせらぎに洗ふ冬菜をきしませて

店蔵のライブに沸きぬクリスマス

紙漉の水音重ね暮迫る

裏山の時雨に濡れて仏たち

栗電の冬日の匂ふ木目床

終電に一人座りし寒さかな

水鳥や神父も乗れる定期船

石山の石のあはひに冬の蝶

豪雪に埋もれたまま葬の家

靴音を道づれにして冬銀河

牡蠣を剝く諸手を紅潮させながら

雪催

平成十八年～二十一年

初晴に掌かざし被災浜

息止めて落款捺しぬ筆始

暗闇に破魔矢の鈴のすれちがふ

一滴の御神酒落せり初硯

香煙を浴び旧正の寒山寺

松島の潮の香を切り初燕

マチュピチュ　二句

薫風や空中都市の石畳

天界にしぶき撥ね上げ雪解川

洗車後の空の広さや花辛夷

駄菓子屋の土間に揺れをり吊し雛

唐門に初音や奥州一の宮

春泥を跳んではメロンパン買ひに

若草を踏んで神の矢引き絞る

藻塩焼く釜にも降りし黄砂かな

寺領みな雨に洗はれご開帳

島山の裏も表も緑立つ

子の摘みし蓬をもつて串団子

武具かつぎ急ぐ少女や春時雨

岩海苔の乾く音する被災の地

アカシアの香の中雀急降下

廃校の学級園の夏わらび

藍染の布巾の模様新樹光

水底を歩める心地夏木立

湯上りの匂ふ児もをり庭花火

山門の鉄鋲錆びて夏落葉

湖の透けゐる若葉明りかな

木下闇一枚岩に鬼が棲み

一瞬に潮のあふるる海鞘料理

御神火の島を遠くに麦の秋

草刈女鎌をもつ手で汗ぬぐふ

ここがあの《アウシュビッツ》ガス室跡地草茂る

福耳の円仁様や薄暑光

平家琵琶洩れ流れくる草螢
渚より螢となりて帰り来よ

夏草や遊び女の墓僧の墓

幼霊も渡れ大虹消えぬ間に

木洩日の雄島の板碑小鳥来る

かなかなや豆腐屋の笛もどり来る

灯入り前の小さき灯台そぞろ寒

太文字に女人禁制花芒

秋うらら眠りしままの嬰の指

秋蝶とわたる吊橋五合庵

ウルムチ・トルファン　二句

ウルムチの塩湖きらきら秋立てり

メッカ向く少女のミイラ秋桜

日だまりの良寛の句碑小鳥来る

コスモスの揺れ通しなり鯨幕

もう一度胸元なほす菊師かな

無器用が無器用に剝く吊し柿

「避難せよ」の木霊いまだに秋の海

まだ残る庫裡の落書秋の暮

旧友の漬物談義もて夜長

大寺の榧の実散らす群雀

菊焚けば風の一筋観世音

雪しまき祠を守る夫婦杉

海光のとどく禅窟返り花

何の蕾かひとつ残れり冬日和

纜を寒満月へ投げにけり

木地師小屋氷柱明りに絵付して

母の背に風の集まる大根漬

狐鳴く蔵王の裾の闇蒼し

浦風や懸大根の縄ゆるぶ

バス停までパン焼く匂ひ深雪晴

地震後の無人の軒の大氷柱

寒鰤の光並べて魚市場

菰ごとに裸電球寒牡丹

干大根干され一味二味も

眠る山山彦ひとり起きてゐる

前を行くひとりが遠し雪催

島裏の波立ち上る寒椿

どの店も四温日和や五平餅

鳳仙花

平成二十二年～二十五年

能管の修羅に入る音淑気満つ

牡丹雪石の舞台の能楽堂

島々の簡易水道水温む

地図になき派遣村あり春の月

春泥に足をとられて一の午

若き日をたぐりて雛を飾りけり

春塵や赤べこ棚に首を振る

園庭に濡れゐし玩具月おぼろ

碑の面に枝の影濃し梅日和

地鎮祭みな下萌を踏んで立つ

象の顔大きく描いて卒園す

桜しべ縛り地蔵の縄に降る

空手部の風切る拳春浅し

被災地の泥をくはへて初燕

ラマ僧の朽ちし布靴冴返る

落し文拾ふ白石城の門

裏庭の夕日溜りに羽抜鶏

月山をかくす夏雲方位石

青田風手より大きな握り飯

嬰児の玩具に歯形新樹光

涼風や黒光りして大座卓

宮床・原阿佐緒記念館

芥子の花今をさかりに阿佐緒の碑

穂芒を風ごと活けて友を待つ

潮風と稲の香を入れ島のバス

かたはらに乳母車据ゑジャズ祭

鳳仙花はじけし空の蒼さかな

引越しの助手席におく虫の籠

革ジャンを枝にひつかけ芋煮会

白鳥の一羽食みをり休耕田

冬波を聞かせて寝かす保育園

プラハ

冬空に祈りとどけと尖塔《ミナレット》

冬木の芽どれもそれぞれ光りをり

中国・雲南省

頂上まで段々畑の冬菜かな

月光を吸つて谷間の大氷柱

合併に消えし町の名冬椿

水よりも風の凍れる船着場

おくれ毛をそのまま少女牡蠣を剝く

寒の月喪中の雑魚寝照らしけり

墨色も四温を待ちてをりしかな

大寺の消火栓まで雪を掻く

ランドセル背負ふ練習春隣

青嵐

平成二十六年〜二十七年

蔵王嶺の肩より日射し鍬始

公園の蛇口のしづく去年今年

島唄を弾初として避難の地

瓦礫より音なき音や初明り

寒の水呑んで稽古の終りとす

島の子の通学鞄つくしんぼ

石山の谺の奥も春めけり

一滴に一音のあり春の水

蕾みな天を向きたり土匂ふ

空襲と津波を逃れ今日の雛

千の手に春光のせて観世音

蝌蚪の国津波に攫はれたるもあり

手つかずの塩害田んぼ春の虹

九日間の生存ニュース黄水仙

囀《さえずり》や夢みつづける珪化木

雪解道産土神は丸き石

抽出しに子犬の首輪草朧

茶柱を味方としたる大試験

みちのくの花に無傷の日は来るか
百幹の息を鎮めて梅ふふむ

仰ぎ見る北アルプスや花辛夷

下駄箱の上の紙雛英語塾

留学の子の荷の一つ雛あられ

遊廓の名残りの跡や土匂ふ

二度三度初音聞かせて枢閉づ

揚ひばり三陸の海ただ無言

採寸の子の腕長しヒヤシンス

登り窯火入れまもなく藪椿

ぼた雪のあの日あの刻夕渚

草青む新駅前の分譲地

逆上り出来たよ春の空蹴つて

寒風沢島

造艦の碑に黙禱す黄水仙

水神は一枚の岩鳥曇

流氷や無人駅にも人あふれ

霊山の水育める植田かな

老鶯や判読難き蒙古の碑

船霊を祀れる小舟青嵐

泥かぶりし教室を抜け青田風

藍染の染めむらばかり夏帽子

初鰹太平洋の色のまま

夏帽を胸に被災の島に佇つ

空家には空家の空気月見草

蟻出でて然《さ》もなきものを争へり

日没の水の匂ひや蓮見舟

廃校の雲梯わたる梅雨の月

梅干して明日に頼る写経かな

サングラスはづして立つや被災浜

四季のある惑星に生れ草を引く

佐渡ヶ島　二句

滴りや佐渡金坑の杭太し

蝶消えし一隅昏き真野御陵

星に生れ星と語りて露涼し

夕凪の島にもどれば声若し

フクシマに夏の日またもめぐり来る
紅花や格子戸かたき蔵の町

一笛で百の竿灯立ち上る

幼霊も乗りて傾く茄子の馬

一瞬と言へども遠し原爆忌

まだ残る流木夏の忘れもの

亡き人も数へて西瓜等分す

菊日和握り返せぬ手をさする

人呑みし海を見つめて秋刀魚焼く

海に向く塔婆に供ふ新走り

露ひかる被災の島の方位盤

壺の碑を紅葉明りに読み下す

津波禍の錆びし鉄路やちちろ鳴く

荒れ果てし流人の墓の女郎花

豪農の三和土の臼や鬼やんま

弾ませて握るおむすび天高し

人去りし汚染の村や柿たわわ

サーカス跡地なり茫々と泡立草

涼新た箒目しるき文学館

秋暑し石工ひとりの石切場

北斎の波頭ひらりと秋扇

大花野ゆつくり行けば飢饉の碑

独りには部屋数多き夜寒かな

天平の座像立像葛の花

礎石にも残る波跡花芒

消えかけし雲板の文字秋の暮

桐一葉また一葉して屋敷神

山間の湧水汲みに文化の日

八丈島　二句

爽やかや光織り込む黄八丈

ペンダント冬日に揺らし機織女

蔵王嶺の光を受けて蕎麦を刈る

霜柱踏めば大地の音がする

高尾山

ぬひぐるみ抱く子が抱かれ七五三

火口湖が呑みこんでゐる時雨かな

板倉に梯子立てかけ冬構

古書店の書棚も暮れて冬に入る

棒立ちのフランスパンや雪螢

水仙に讃美歌の声透きとほる

潮風に軒の乾鮭そり返る

小春日や走り根に干す禰宜の沓

ポケットの黒飴融ける小六月

数へ日や浴室にまで九九の表

残照に肩組み合ひて山眠る

豪雪を来て嬰児の笑みに会ふ

小春日や円空仏はみな慈顔

朴落葉踏みて霊山詣でかな

焼鳥の串で指しけり原発炉

大樹には大樹の息吹き春未だ

臘梅の光掬ひて歩き出す

あとがき

句集を出すことなど、かつては夢にも思わなかった。

私の初任地は元栗原郡の郡境、全校六学級の村立中学校、英語・音楽の教師として赴任した。しかし音楽の時間に使える楽器はなんと小型足踏みオルガン二台のみであった。ところが校長先生が翌年の郡音楽研究公開指定校を引き受けて来た。ＰＴＡ会長の陣頭指揮のもと一戸米一斗の寄付を集め、そのお蔭でグランドピアノが購入出来た。その上でハーモニカ・バンドを編成し無我夢中で何とか翌年秋授業公開の大役を果たした。

以後仙台市に転任し授業の他にＮＨＫ合唱指導にあけ暮れた。子供二人の世話もままならなかったが、授業の受け持ちは私の本来の担当教科である英語の指導に変った。英語指導技術を向上すべく五十代後半よりは積極的に妹と海外旅行に参加し、諸外国の人々との会話を楽しんだ。数えてみたら五十ヶ国、特に中国には十回足を運んだ。

娘が中学生の時以来、「宮城野書人会」の加藤翠柳先生宅に四十数年通い種々書道展に出品した。東日本大震災の際、かつての勤務校の合唱部が歌った「あすという日があるかぎり」の歌詞はみんなを励ます内容だったのでそれを畳一枚の大きさの紙に書いてみた。その学校は十年間の私の勤務校、現在嫁も勤務中なので合唱部員に見せたら捨ててと言って渡したが、校長先生と音楽の先生の目にとまり是非展示したいと言われた。現在もその中学校の武道館の壁面に展示されている。

書に夢中の私に刺激されたのか、夫も教頭時代より油絵を描き始め、手さぐりながら河北美術展に百号の塩釜港の絵を初出品、初入選となった。肺ガンの病に倒れ入院中だったのでタクシーで自分の作品を見て来て喜んでいた様子が忘れられない。

俳句は書に比べると経験も浅く、初めは「ＮＨＫ俳句」を見て日本語の美しさ、響き、意味の深さなどに感動する日々だった。自分の作った俳句が自分なりに近代詩文調に書けたらどんなに楽しいんだろうと軽く思って俳句を始めた。なんと助詞一字の違いでこんなに変るのかと感じるようになった頃から、作句は楽しいよりむずかしい方がよりのしかかって来るようだ。何もわからぬまま、怖いもの知らずの私を初歩からやさしく御指導下さった「仙台市政だより」俳句初心者講座講師の故石崎素秋先生、陰に陽に手をさしのべて下さった早坂俊三先生、「きたごち」の柏原眠雨先生、「小熊座」の高野ムツオ先生、佐藤きみこ先生には大変お世話になり感謝の念で一杯です。更に書の恩師菊田翠谷先生、大和小舟先生には私の拙い一句に格段の花を添えてくださるような書を書いていただき最高に幸せです。

この世で初めての、しかも最後の句集。世界で唯一の私の宝物になった。これからも「小熊座」の皆さんと勉強しつつ俳句に精進出来ればと願っている。最後に種々面倒みていただいた「文學の森」の皆様に深く感謝申し上げる。

明日は彼岸の中日、早速二十三回忌の夫の墓前にて句集出版間近のことを報告したいと思っている。

平成二十八年三月十九日

丸山千代子

著者略歴

丸山千代子（まるやま・ちよこ）　旧姓　三塚（みつつか）

昭和７年　台湾台北市生れ
昭和12年　父急病のため他界。日本に引揚げる
昭和26年　宮城県第二女子高等学校から東北大学
　　　　　教育学部英語専攻入学
　　　　　英語・音楽の教員免許状取得
　　　　　卒業後、平成２年まで中学校教員
昭和40年　「宮城野書人会」入会
　　　　　加藤翠柳先生、長井青葉先生、菊田翠谷先生に
　　　　　師事し、数々の書展に出品
平成10年　NHKのテレビ放送で俳句に興味を持ち句作を始
　　　　　める。「仙台市政だより」の初心者講座で故石
　　　　　崎素秋先生の手ほどきを受け、数ヶ月後より早
　　　　　坂俊三先生の句会に参加
平成12年　「きたごち」入会。柏原眠雨先生に師事
平成22年　腰痛のため「きたごち」退会
平成24年　「小熊座」入会。高野ムツオ先生に師事

現　　在　宮城県俳句協会会員
　　　　　宮城県現代俳句協会会員
　　　　　「宮城野書人会」同人（数年前まで、河北書道展
　　　　　委嘱、毎日書道展会友、書道芸術院審査員候補）

現住所　〒982-0006　宮城県仙台市太白区東郡山 1-12-11

句集

紙《かみ》雛《ひいな》

発　行　平成二十八年六月一日

著　者　丸山千代子

発行者　大山基利

発行所　株式会社　文學の森

〒一六九-〇〇七五

東京都新宿区高田馬場二-一-二　田島ビル八階

tel 03-5292-9188　fax 03-5292-9199

e-mail mori@bungak.com

ホームページ http://www.bungak.com

印刷・製本　竹田　登

ISBN978-4-86438-454-4　C0092